KB050326

그리움의 총량

시작시인선 0379 그리움의 총량

1판 1쇄 펴낸날 2021년 6월 7일
1판 3쇄 펴낸날 2024년 1월 3일
지은이 허향숙
펴낸이 이재무
책임편집 박은정
편집디자인 민성돈, 장덕진
펴낸곳 (주)천년의시작
등록번호 제301-2012-033호
등록일자 2006년 1월 10일
주소 (03132) 서울시 종로구 삼일대로32길 36 운현신화타워 502호
전화 02-723-8668
팩스 02-723-8630
홈페이지 www.poempoem.com
이메일 poemsijak@hanmail.net

ⓒ허향숙, 2021, printed in Seoul, Korea

ISBN 978-89-6021-561-0 04810
    978-89-6021-069-1 04810(세트)

값 11,000원

그리움의 총량

허향숙

천년의 시작

시인의 말

  그날 이후, 옷처럼 생을 벗고 입을 수 있다면 얼마나 좋
을까를 생각했다.

  어쩌면 나는 밤마다 생을 벗어 옷장에 걸어 두는 것은
아닐까 생각하다가, 십여 년 전에 벗어 놓은 생 꺼내 입으
면 소원이 없겠다 생각하다가, 갑자기 복받쳐 오르는 설움
한 채 토해 내다가, 그 집에 들어 풀피리처럼 울다가, 다
해지고 헐거워진 생 무슨 미련을 두나 생각하다가, 네가
남기고 간 마지막 말 때문에 석회질에 뻑뻑해진 발목 끌며
날마다 산에 오른다.

  너는 급성 백혈병이라는 진단을 받고 애써 웃으며 말했
지. "빨리 나아서 친구들보다 더 먼저 대학에 갈 거야.

그러니까 엄마, 울지 마!"

매 순간 돌아봄과 넘어짐의 연속이었다.
너 없는 세상에서 숨을 쉬어야 하는 일은 용광로에 던져지는 형벌과도 같았다. 죽여도 죽여도 사그라지지 않는 숨 때문에 천년의 잠을 청하며 잠들곤 했었다.

그래, 이제 울지 않을게.

2010년 3월. 열여섯 번째 봄을 뒤로하고 와병 백일 만에 생을 벗어 놓은 채 영영 돌아오지 않는 나의 큰 달 수야에게 이 시집을 바친다.

차 례

시인의 말

제1부 그녀 목소리에 손을 대면 파란 물감이 묻어난다

명랑

그녀는 산간 마을에 부는 바람 같다

그녀 목소리에 손을 대면 파란 물감이 묻어난다

그녀 목소리의 여울에 모여드는 명랑이라는 치어들

외출

먼지처럼 쌓이는 말들을 털어 내고 싶었다

시부모 때문에, 남편 때문에 불쑥불쑥, 시루 속 콩나물처럼 올라오는 말들을 거미줄 치듯 집 안 곳곳에 걸어 두곤 하였다 하고 싶은 말 혀 안쪽으로 밀어 넣고 이빨과 이빨 사이 틈을 야물게 단도리하곤 하였다

이말산 산자락 근방 카페 창가에 앉아 나만을 위하여 브런치 세트를 주문한다

해종일 하늘을 보다가 빽빽이 들어찬 허공의 고요를 보다가 인체 혈관 3D 사진 같은 한 그루 나무를 보다가 우듬지로 올라간 빈 둥지를 보다가 빈 둥지 같다는 생각을 들여다보다가

카페에 여자를 벗어 놓고 집으로 돌아와 아내와 어머니로 갈아입는다

기억은 물과 같아

기억은 물과 같아
모양과 색깔과 소리가 다르다
필요에 따라
생각에 따라
물속에 박힌 나뭇가지처럼
굴절을 통하여 기록된다

그냥

쓰고 나면 더욱 깊어지는 말
까닭 없이 믿음이 생겨
듣고 나면 괜스레 따뜻해지는 말
딱히 할 말 떠오르지 않을 때 변명처럼 쓰기도 하는
마음의 거리 1미터를 넘지 않는 사이나 쓸 수 있는 말

여고 적 일이다 늦은 밤, 자습을 마치고 돌아와 방문을
여니 버름한 문틈 새하얀 쪽지 하나가 놓여 있었다 왔다가
그냥 간다 내 부재를 알면서도 그냥 생각나 편도 시간 반의
밤길 왔다 간 그녀

불현듯 달음박질치는,
허공을 가로질러 맞닿은 마음

한 번을 써도 백 마디 말보다 긴 여운의
아무리 써도 물리지 않는
슴슴한 음식 같은

말, 그냥

'첫'에 대하여

흐르는 시간의 길을 걸어가는 이들은 매 순간 첫을 경험한다

흐르는 강물에 두 번 손을 담글 수 없듯이

누구도 지난 시간을 돌이킬 수는 없는 것이다

어제의 나도 처음이고
오늘의 나도 처음이고
내일의 나도 처음이다

모든 세계와의 만남과 이별이 순간 속에서 맺어지고 멀어
진다

첫은 순간이요 찰나다

바람이 분다 이파리들이 파랗게 몸을 뒤집는다

떨림의 매 순간이 나무를 지탱한다

누구나 사는 동안 시간의 처음을 살고 있는 것이다.

한통속

가지 끝
끈질기게 매달려 있는
장미꽃이 추하다

생명 붙은 것은 죄다
손에 쥔 것
놓기 어렵구나

동백꽃이 아름다운 것은
가장 빛날 때 스스로
그늘 속으로 뛰어들기 때문이지

빛과 그늘이 한통속인 이치를
동백은 알고
장미는 모르는구나

순리

비탈길 오르다 보면
뼈 드러낸 채
얼싸안고 있는
그들 만날 수 있다

바람의 발길질에도
폭우의 도리깨질에도
벼락의 칼질에도
놓칠세라
더욱 엉키는 그들

평지의 나무에게 간격은
생의 순리지만
비탈길 나무에게 간격은 죽음

엉킨 뿌리 풀지 않는
비탈의 나무들에게
간격은 공리에 불과하다

넝쿨장미

음식 쓰레기통 옆 넝쿨장미 총총총 피어 있다 역한 냄새
가 코를 찌르는 곳을 거처로 삼은 그녀들은 얼마나 하늘을
원망했을까 아무도 눈여겨보지 않고 가까이 오려 하지 않는
외진 곳에서 그녀들은 한껏 잎 피우고 꽃 열어 향 끼얹는다
벌 날아들고 새 날아들고 음식 쓰레기 버리러 온 아낙들 날
아들어 한참을 머물다 간다

귀가

저기 노인이 걸어간다

시간을 흘리며 걸어간다
생을 흘리며 걸어간다
무상을,
죽음을 흘리며 걸어간다

산숙의 목침 같았던 시간들
한 번도 주인이 될 수 없었던
시간을 비우며 절룩,
태아의 잠 속으로 들어간다

잠과 잠 사이

잠과 잠 사이 파열음 인다

애인과 함께 마시던 막걸리 목 넘기는 소리 끼어들어
나뭇가지 끝 파닥거리던 목련의 흰 날갯짓 끼어들어
명자꽃을 사는 명자의 붉은 수다 끼어들어
어둑한 골목을 던지고 내빼는 오토바이의 소란 끼어들어
자정을 먹어 치운 시곗바늘의 빳빳한 행진이 끼어들어
손 뻗어 허공 타고 오르던 빗소리 끼어들어

잠과 잠 사이를 빠져나온 잠이
박쥐처럼 천장에 붙어
나를 노려본다

고요에 대하여

착각했다

고요에 대한 모든 허상을 접는다

고요를 키워 양식으로 삼겠다는 허무맹랑한 생각을 집
어치운다

거기 누구 고요를 맛본 사람 있는가

고요는 시끄러움의 반대 개념일 뿐이다

고요는 고요를 모르는 인간의 이데아일 뿐이다

마음은 아메바다

마음은 아메바다

치수도 다르고
모양도 다르고
색채도 다르다

내 맘이라 여긴 것이
내 맘대로 되지 않으니
내 맘도 아니다

허공처럼
바람처럼
소속이 없다

끊임없이
흔들리고
변하고 이동한다

마음은 그래서 생물이다

모든 것은 존재하기 위하여 살아간다

모든 것은 존재하기 위하여 살아간다

겨울은 봄을 위해 있는 것이 아니고
하늘은 구름을 위해 있는 것이 아니고
바다는 섬을 위해 있는 것이 아니고
엄마는 자식을 위해 있는 것이 아니고
나는 너를 위해 있는 것이 아니다

겨울을 살기 위하여 겨울이 있고
하늘을 살기 위하여 하늘이 있고
바다를 살기 위하여 바다가 있고
엄마를 살기 위하여 엄마가 있고
나를 살기 위하여 내가 있을 뿐

모든 것은 살기 위하여 존재한다

소년

십 대에 나는

변성기 소년이 되어

마구 시간을 낭비하고 싶었다

햇살 부신 날에는

교복을 벗고

건달이 되어

해진 청바지에 남방 하나 걸치고

지구 반대쪽으로 가고 싶었다

그러나 가축처럼

소년은 훈육에 길들여져

\>

제도 속 울안에 갇혀 살았다

여자로, 아내로,

어머니로 살아온 지금도

바람 드세거나

눈비 캄캄한 날에는

몸 안쪽에 사는,

영원히 철들지 않는 소년

스프링처럼 튀어나와

집 박차고 나와

떠나 보라 충동질한다

습관

언제부터였을까

그는 나를 끌고 다닌다

처음에는 내 집에 들어와 어색해하고

쭈뼛해하다가 자주 뛰쳐나가더니

하루 이틀 사흘……

내가 시키는 일 곧잘 하더니

이제는 상전처럼

어느새 나를 부리고 있다

문장을 먹는다

꼭두새벽부터 식탁에 앉아 문장을 먹는다

어떤 문장은 국수처럼 후루룩 단숨에 들이켜고

어떤 문장은 오징어처럼 질겅질겅 곱씹고

또 어떤 문장은 질긴 갈빗살 뜯듯 물어뜯는다

어떤 문장은 비위에 거슬려 게워 내고

어떤 문장은 너무 맵거나 짜 눈살 찌푸리고

또 어떤 문장은 더 깊이 발효시키기 위해 저장한다

음식처럼 양념을 많이 친 문장은

소화가 안 되고 머릿속도 더부룩해진다

삼색나물 같은 슴슴한 문장을 먹고 난 날은

내 영혼의 무게가 가벼워진다

허기

그러고 보니 사람의 몸에는 직선이 없다
눈 코 귀 입 얼굴선 목선 팔다리 몸 선까지
완만한 곡선을 그린다
뇌는, 혈관은, 힘줄은 어떤가
뼈마디조차도 곡선이다

몸을 경멸해 온 나여!
너를 다녀간 무수한 생각들
말들, 분노의 감정들

아, 나는 침묵조차도 직선이었구나

몸은 정신의 집이다
곡선의 몸에 자리한 뾰족한 자아
피, 피, 피,
피가 강을 이룬다

인간은 더러운 강물이라고
더러워지지 않으면서 더러운 강물을 받아들이려면
바다가 되어야 한다고 니체는 말했다

>

개 짖는 소리가 나를 덮친다

멀리 떠나간 너의 둥근 얼굴 가차이 환하다

제2부 세상의 그을음을 닦는 영혼의 슬픈 눈

한 장의 묵화

할아버지 할머니 멀리 북천에 떠나보내고
홀로 덩그러니 남겨진
내 고향 옥호리 기와집 한 채
곳간이며 장독대며 사랑채며
동백기름 바른 머리칼처럼 반짝였는데
책갈피에 끼워 놓았던 몇 해 전 나뭇잎처럼 푸석해지더니
끝내는 박제된 채로 서서히 허물어져 간다

야화처럼 피었다 지던 별꽃들조차
우물이 마르고 나무가 시들시들 앓다가 바닥에 몸 누인
뒤로는
더 이상 찾아오지 않는다

풀씨들 날아와
낡은 지붕과
무너진 흙담과
꺼진 마당에 터를 잡는다

캄캄하게 고인 시간의 웅덩이에 갇혀
야위어 가고 메말라 가다가
파필의 흔적으로 남아 있는

옹달샘

호두나무 옆 옹달샘

바람이 물뱀처럼 미끄러지면

물결 위 잔잔히 퍼지는 물의

나이테가 참 고왔네

한낮에도 줄기와 가지에서 흘러내린

그늘이 고여 질척이고

나뭇잎 새 빛의 치어들은 은화처럼 쏟아져 내렸네

밤이면 하늘이 몸을 크게 흔들 때마다

풀처럼 돋아난 별들

우수수 쏟아져

>

샘 가득 떠서 반짝거렸네

지금은 내 마음의 산속에서

날마다 솟아올라

세상의 그을음을 닦는

영혼의 슬픈 눈

햇살

그녀는 스킨십을 좋아한다
풀잎이며 나뭇잎이며 바람도 아기 대하듯
어루만지고 부둥켜안고 입맞춤한다

그녀의 살(肉) 닿는 곳마다
부드러워지고 촉촉해지고 따뜻해지고
싹이 돋고 꽃이 피어난다

투명한 그녀의 살
일곱 빛에서 나서 수천 빛깔로,
둥근 것에서 나서 수억의 형태로 변하는

입체에서 면으로
면에서 선으로
선에서 점으로

길을 내고
그늘을 내는

엎지르다

봄이 비탈진 언덕에
한 무더기
개나리를 엎질렀다
개나리 꽃들 흘러넘쳐
어질머리 하늘이 샛노랗다
한 시절 나도
네게 나를 엎지르고
크게 운 적이 있다
그래, 엎지른 자리는
마르고야 말지
저 꽃들 지고 나면
녹음 우거질 게다

노동자들

겨우내 침묵으로 견디던 저이들

봄날 광장에

한꺼번에 쏟아져 나와 가부좌 틀고 앉았소

강풍이 불어도

서로서로 고리 걸은 채 물러나질 않소

한바탕 폭우가 쏟아져도

앉은 자리 옮기지 않고

시위하는 저들

몸 베고 뿌리째 솎아 내도

차디찬 땅속에서

>

끝내는 버티고 버텨

봄 일구는 저들

연초록의 광휘여!

신의 꽃

나를 잡초라 하지 말아요
당신이 나를 모른다고
나의 이름을 모른다 해서
함부로 잡초라
명명하지 말아요
척박한 땅에서 자란다 해서,
길가 물섶 돌 틈 보도블록 틈에
살림을 부려 놓았다 해서
가볍게 여기지 말아요
함부로 나의 둥지 허물지 말아요
당신 화초의 방에
둥지 틀었다 여겨
호미 들이대지 말아요
당신이 침입자일지도요
그러니 그러니까
당신의 화초를 위하여
당신의 식욕을 위하여
억만년 부려 놓은 터전
짓밟지 말아요

>
나는
신의 꽃이어요

운수골의 여름

46번 국도를 따라가다 보면
스웨터에서 올올이 풀려 나온 실처럼 구불구불한 길이
보인다

깊은 골짜기에서 태어난 바람이
새소리 앞세워 산 아래로 내달려 오고

억새풀 숲을 가로지르는 개울에는
등목하는 나무들의 푸른 웃음 일렁인다

무중력에 등 기댄 채
은하수 따라 하늘 둘레길 밟으면

성긴 마음들
옥수수알처럼 탱글탱글 영글어 간다

칸나꽃 홀로 붉고 잠자리 떼 나울대는
구름도 물도 쉬어 가는 운수골의 여름은
빙벽처럼 차다

애인

갑자기 훅 들어와서는

머리칼 쓸어 올리며

이마와 눈과 콧등

양 볼과 입술

끊임없이 핥는다

그의 혀는

계곡물처럼 서늘하다가

억새 이파리처럼 까슬하다가

옥수수 속 수염처럼 보드랍다

별빛처럼 푸르다가

>

달빛처럼 그윽하다가

물빛처럼 고적한 그는

무엇에도 매이지 않고

어느 것에도 걸리지 않는

무형의 존재

내 마음 희롱하고 달아나는

무소유의 건달

자기 색을 띠지 않기에

모든 빛 두를 수 있고

자기 향을 지니지 않기에

>

모든 향 피워 내는

움켜쥘 수도 품을 수도 없는

자유로운 영혼

적선

느티나무 한 그루
열 평 남짓 그늘 풀어놓고
땀에 전 길손 몇
날다 지친 새 몇
울다 지친 개구리 울음 몇
불러들이고 있다

나무

모진 바람에 쓰러져 뿌리째 뽑혀도

꿈틀거리며 생을 키워 내는 저

한평생을 한자리에 서서 견뎌 내는 저

몸의 9할을 잃어도 포기하지 않고

순 내며 하늘 향해 다시 발돋움하는 저

높이 오르기 위해 곁가지를 내지 않는 저

수백 수천 년의 한탄과 설움, 험담, 음해, 음모, 배신 등속

비밀스런 이야기

단 한 번도 발설하지 않는 저

세상에서 가장 무서운

밤비

어둑해진 땅끝으로
비릿한 향내 껴안은 채
뛰어내리는
투명한 물의 꽃잎들

소랑리小浪里에서

사슴산 산길 돌아 집으로 간다 바다는 흰 이빨 드러내 배
시시 웃고 햇살은 갈빛 융단을 깔아 준다 언덕이며 골짜기
며 숲이며 연한 젖빛 안개 너울거리다 산개하고 늦가을 동
백은 붉은 몸으로 허공을 연다

뱀의 혀처럼 가늘게 뻗은 두 줄기 갈림길 황국 그늘에 겨
자씨만 한 풀꽃들 천 년 세월의 항심, 저를 다녀가는 스웨
터며 바지며 늘어뜨린 스카프에 악착같이 이삿짐을 부리는
도꼬마리들 명년에는 더 살림을 불려 내겠지

간밤에 내린 비로 소랑리 살림을 불리고 있다

물거울

아파트 뒤편

비포장 산책로에

나흘 전 내린 게릴라성 폭우로

생긴 물웅덩이

흙물 가라앉자

맑은 빛 거울 되었어

지나던 구름이 내려와 들여다보고

어린 햇살들 내려와 퐁당퐁당 물놀이하고

가지 위 나뭇잎들 얼굴 비추며

깔깔대는 품새 사춘기 소녀 같았지

>

밤이면 별과 달

시문詩文 짓기도 했을 물거울

어느날 깨진 자리에

바람이 물어다 준 풀씨 하나

싹을 틔워 자라겠지

흑염소

사슴산 서쪽 자락 한 소쿨 햇살에 끌려 들어간 산길 초
입 둑방에
흑염소 한 마리 줄에 매인 채 슬피 운다
가던 길 돌아 다가가니 더욱 애닯게 운다
어미를 잃은 걸까

할머니 댁으로 가는 옥호리 산길이었다
넘어진 나는 땅에 주저앉아 엄마 부르며 훌쩍였고
큼직한 목화솜 보따리 인 채 부르시던
엄마가 돌아서면 섧게 울며 따라나섰다

지금도 마음의 옥호리 산길에는
어린 흑염소 한 마리 살고 있어
간절히 그리운 것에 목이 멜 때
파란 울음 길게 토하곤 한다

부부

우물 곁 한 그루 느티나무 살았어요

둘이 언제부터 이웃하며 산 지는 아무도 몰라요

둘은 둘이면서 하나로 살았어요

나무가 울면 우물이 출렁거리고

우물이 시들면 나무도 시들었지요

우물이 마르도록

느티나무 한 그루 살고 있었어요

바람은 소리의 바다

갑자기 날아든 비바람 속

함석지붕에 맨발로 뛰어내리는 도토리들 함성

고향 집 뒤울안 댓잎 서걱대는 소리

다저녁 아궁이 속 삭정개비 삼키는 불꽃 소리

사랑방 문살 흔들어대는 할아버지 기침 소리

밤새워 뽑아내는 어머니 재봉틀 소리

물총새가 된 아이들 휘파람

마왕에 잡혀가는 소년의 수척한 비명

셋잇단음표로 날아드는 말굽 소리

소리, 소리들

비바람이 불러온 소리의 바다, 소리의 파랑

제3부 매일 아침 나는 너로 태어나 너로 죽는다

해바라기

신은 두 개의 눈을 주었어요
그녀는 또 해를 바라보았어요
눈은 까맣게 타들어 갔고
그녀는 다시 기도했어요
그를 바라볼 수 있게 해 주세요
하루 이틀 사흘……
해를 바라보는 일을 멈추지 못한 그녀의 얼굴은
백여 일이 지나자
온통 까맣게 탄 눈동자로 그득했어요
눈동자의 무게 감당하지 못한 그녀는
그만 목이 꺾였어요

소리의 귀소歸巢

누군가 문을 열고 들어선다
하루 종일 혼자 있자니 소음조차 정겹다
해바라기 해를 좇듯 귀의 눈 문 쪽으로 고갤 돌린다
아침이면 나팔꽃 입 열려 바람 마시듯
귀의 입 열어 소리 삼킨다

동공은 괜찮아?
소변량은 어때?
1,500cc 네
신장은 괜찮고 근데 폐가 문제야 며칠 전에 옆방 아이도
패혈증으로 나갔잖아
산소 포화도가 7~80대에 머물러 있으니 이대로라면 가
망이 없을지도

또다시 문이 열린다

주기도문으로 예배를 마치겠습니다
찬송을 입은 귀의 옆구리에서 날개가 돋기 시작한다

사랑해…… 미안해…… 미안해……

엄마는 잠자리 날개 터는 소리를 내며 운다
박쥐 떼 소리에 견인된 듯 날아들고 있다
옆구리에 돋은 귀의 날개가 자꾸만 들썩거린다

잠시 후 다시 문 열리는 소리
후드득 많은 사람들이 들어온 눈치다
딱딱하고 건조한 목소리 위에 격렬하게 떠는 목소리 덮친다

천장에 거꾸로 매달린 박쥐들이 내 귀를 노리고 있다

너를 꿈꾼다

너는 고치 안에서 무슨 꿈을 꾸었니?
터질 듯한 외로움과
치솟는 두려움
엄습해 오는 백 일의 고통 속 무균실에서

너는 고치 속에서 무슨 꿈을 꾸었니?
바다를 유영하는 고래가 되는 꿈
갈매기 조나단 되어
창공을 자유롭게 비상하는 꿈

너는 안에 누워서
나는 밖에 선 채로
서로의 꿈을 기원했는데

눈부신 봄날
끝내 날개 달지 못하고
고치 속에서 너는 영면에 들고
너의 부재 이후 난
너를 입고 사는 삶이 되었구나

통점

세상은 유한한 것들의 차지
유한한 것들의 연속성이 무한을 이끈다
꽃 진 자리에 열매 나고
열매 진 자리에 꽃 나고
봄 여름 가을 겨울
다시 봄, 다시 여름, 다시 가을, 다시 겨울,

내가 지고 네가 피는 것인데
네가 살고 내가 죽는 것인데

부모 자식 간의 연속성
비켜 간 자리
생리혈 같은 통곡
질 줄 모르고 피어 있네

너에 갇히다

겨울을 살아 낸 것들의 환희가
숲에서 들에서
냇가에서 파닥일 때

바람 허공 풀어 수분하고
나무 살거죽 찢어 싹 틔우고
햇살 나뭇가지 새로 피어날 때

햇솜 같았던 너만
시간의 혀에 유린당한 채
그해 봄에 갇혀 나오지 못하고

너 없이도 바깥은
세상의 모든 까닭을 들어
징글맞게 꽃 피운다

마트료시카

양파 뚜껑을 연다
네가 없다
다시 연다
다시 너는 없다
또 연다
또 너는 없다
열고 열고 열고
마지막 남은 살점까지 열어도
여전히 너는 나오지 않고
칼날처럼 눈을 찌르는 매운 내
벼랑 치는 파도 같은 울음
사정없이 목젖을 친다

에이와나무를 찾아서

그녀는 서쪽 창을 열고 나갔다
연분홍 꽃 목덜미에 박힌 햇살이
피처럼 흐르고 있었다

십 년 전
숲으로 든 그녀는 돌아오지 않았다

슬픔이 지나간 자리에
고요가 고여 들끓고

그날 이후
닫힌 적 없는 서쪽 창문으로
음성인 듯 서늘한 바람이 불어왔다

눈 감으면

벌판 끝자락 언덕 위

한 그루 나무

에워싼 빛 환하다

저 빛 따라가면

끄트머리쯤 너 있을까

허공 저편으로

새 날개 저어 가고

너 떠난 자리

마른풀 부석거려

까닭 없이 마음 부어오른다

용화여고 앞을 지나다

용화여고 앞을 지나다
교문 옆 쪽문 창살
아침저녁 늦은 밤으로
드나들던 자국들
아직 남아 있지 않을까
조심스레 손 얹는다
다부진 체력을 위해
공강 때마다 줄넘기했다던
친구들의 편지글 아른거려
담장 너머
햇살은 왜 저리도 화사하게 피고
명자꽃 왜 저다지도 아프게 웃냐고
해종일 너 지운 풍경만 탓한다

홍매화

너를 몸 안에 들이고부터

해 오던 기도의 씨앗

마침내 발아되어

살거죽 가르고 나올 때

허공 찢어 피어나듯

천지를 뒤흔들며

펑펑, 터지던 너의 속 붉은 울음

그리움의 총량

무언가를 간절히 생각하고
슬퍼하는 시간의 총량이
고작 한 시간 정도라는 어느 시인의 진술을
수정하고자 한다
내 그리움의 총량은
의식과 무의식의 총체다

잠잘 때도
밥 먹을 때도
책 볼 때도
페북질할 때도
걸을 때도
누군가와 이야기할 때도
글을 쓸 때도
유행가를 부를 때도
온통 너이기 때문이다

해가 뜨는 이유도
새가 지저귀는 이유도
바람이 동으로 가는 이유도

비가 사선을 긋는 이유도
구름이 하늘을 흐르게 하는 이유도
별빛이 어둠 가르며 내리는 이유도
풀벌레 우는 이유도
꽃이 피고 지는 이유도
슬픔이 내 몸을 지나는 이유도
웃음 한 말 빌려 오는 이유도
숨을 고르는 이유도
온통 너이기 때문이다

우울한 대기
낙엽처럼 깔려 있는 침울한 적요
흐느끼는 산길
널브러진 이끼들
어스름을 흔드는 개 짖는 소리
홀로 사그러지는 메꽃

매일 아침 나는 너로 태어나 너로 죽는다

슬픔은 늙지 않는다

비 오는 날 지병처럼 불쑥
떠올라 오래 떠나지 않는 얼굴이 있다

늦은 저녁을 위해 쌀을 씻는다
이남박에 잠긴 알갱이들
내 혈관 속 떠다니는 슬픔 같다

탄생과 소멸 반복하며
증식하는 세포처럼
슬픔은 내 몸의 대륙에 작은 이파리들 무수히 피워 냈다

희망도 절망도 같은 줄기가 틔우는 작은 이파리[*]

물에 젖은 늦저녁
백발이 성성한 나와 달리
더욱 생생해진 그녀, 늙지도 않는구나

* 기형도 「식목제」에서 인용.

나프탈렌 냄새

봄바람 봄비는

새파란 오후

붉은 꽃송이 하나

피지도 못하고 툭, 진다

나프탈렌 냄새

유령처럼

그녀의 옷장을 빠져나와

접힌 꽃술에 스민다

너를 부른다

　처음 너를 안았을 때도 마지막으로 너를 보냈을 때도 환한 봄날이었다 십 년 세월 너를 지켜 온 옷장 속 옷들을 꺼내 빨며 젖은 목소리로 너를 부른다

숨

암 수술 후
불암산에 오른다
불암산 능선
히말라야산처럼 버겁다
화산처럼 뿜어져 나오는
나의 숨
시월 산처럼 붉어지다가
비에 젖은 창호지처럼 파리해진다

너를 생각한다
이름도 생소한 균에 숨 빼앗긴 채
중환자실에 누워
산소호흡기로 들이마시던
숨, 너에게 얼마나 간절했던가
그날의 그 숨 대신 들이쉬고 내쉬며
산에 오른다

오르골

1
네가 주고 간
은빛 하트 모양의 오르골
뚜껑 들어 올리자
구슬픈 곡조의 클레멘타인 부른다

어릴 적 내 생일 선물로
네가 용돈 털어 마련한 오르골 상자

이십 년 동안
오르골은 클레멘타인을
반복하여 돌리고
나는 너 없는 방에 앉아
짧게 다녀간 너를 운다

2
내 사랑아 내 사랑아 나의 사랑 클레멘타인
늙은 아비 혼자 두고 영영 어디 가느냐
……

\>

수야가 선물한 오르골
청소하다 바닥에 떨어뜨렸다
하트 모양의 거울에 금이 가자
어선 갑판에 끌려 나온 물고기처럼
오르골과 함께 그녀도 파닥거린다

여 ―영
여 ――영
어 ―――
디 ―――――
가 ―――――
느 ―――――――
냐 ― ……

끊어질 듯 끊어질 듯 이어지는 곡조
산소호흡기에 의지해 힘겹게 내쉬던
그녀 숨소리 같아

한참을 멍하니 바라보다가
아주 멈추게 될까 두려워
급히 뚜껑을 닫는다

피우다

봄을 피워 여름이 오면
여름을 피워 가을이 오면
가을을 피워 겨울이 오면
봄이 다시 피어나지

피운다는 건 경계를 지운다는 것
생을 피워 죽음으로
죽음을 피워 생으로

피운다는 것은
뫼비우스의 띠처럼
안팎 구분 없이
나를 피워 너로 번지고
너를 피워 나로 번지는 것

울음통

매미의 몸은 죄다 울음통이에요 울음을 쏟아 내지 않고는 이 여름을 건너갈 수 없어요 울고 또 울다 보면 빈 껍데기만 남겠죠

오래전 떠난 그녀 때문에 밤을 도와 울었어요 우는 일이 천직인 양 소낙비처럼 퍼붓다가 가랑비처럼 가랑대다가 폭풍우처럼 몰아치다가 매미의 최후처럼 텅 빈 몸이 되었지요

8월의 바람은 뜨겁다 못해 하얘요 울음이 다 빠져나간 매미의 사체를 하얗게 태우고 있어요

슬픔을 키우다

울음이 전염병처럼 창궐합니다
병을 병의 치료법으로 사용한 니체처럼
슬픔을 슬픔의 치료법으로 사용할 수 있을는지요

암사마귀 교미 후 수컷 씹어 먹듯
암 슬픔이 숫 슬픔 씹어 먹게 두어 볼까요?

당신이 남기고 간 그 아이
슬픔을 들여다봅니다
슬픔이 뒤집기를 합니다
슬픔이 눈을 맞춥니다
칭얼대는 슬픔
슬픔을 안아 젖을 물립니다
슬픔이 제 발로 나를 나서는 날까지
몇 년은 더 키워야겠습니다
떠나려, 떠나보내려
발버둥 치지 말아야겠습니다

개미귀신처럼

중학교 친구 중 마흔 전에 죽을 거라 입버릇처럼 말하던 친구가 있었다 그 친구는 서른에 스스로 자신의 생을 지웠다

나도 여러 번 죽은 적이 있었다 창마다 암막을 치고 먹지 않은 채 잠을 자며 죽음을 불러들인 적이 있었다 사육한 죽음이 보아뱀처럼 커져 아가리 벌려 나를 삼킨 적이 있으나 배를 찢고 탈출한 적이 있었다

세상은 현란하게 출렁이는 빛과는 달리 겨울 강가 가시바람처럼 날카롭고 추워 나는 다시 죽음의 침실 안으로 기어든다 사하라 사막 지옥 굴의 개미귀신처럼 죽음은 내 생의 즙을 한 방울씩 빨아대며 살(肉)을 키운다

제4부 이게 어디 보통 일인가요

이게 어디 보통 일인가요

얼었던 강물 풀리는 일
산과 들 꽃 피우는 일이
나비의 날갯짓,
철새가 대양을 넘고
대륙을 횡단하는 일이

늪이 생기고
누우 떼가 늪을 건너는 일
잎이 돋아나고
새가 하늘을 끌고 가는 일

나무가 애써 가꾼 열매를 떨구는 일

이게 어디 보통 일인가요?

당신과 내가 만나
사랑하는 일이
결혼하고 아기 낳는 일이
저녁이면 식탁에 둘러앉아
달그락달그락 수저질하는 일

이게 어디 보통 일인가요

고사리

아버지 묘에 핀 고사리 한 송이
뽑아낼까 하다가 어쩌면
일 년 만에 찾아온 고명딸을 반기는
아버지의 손가락일지도 모른다는 생각에
가만히 어루만져 주었어요
양지바른 산 중턱에 당신은
이승에서처럼 담도 쌓지 않고
문패도 달지 않은 집에 계시네요

한번은 물었어요
아빠! 왜 우리 집에는 담도 문패도 없어요?
환자들이 자기 집 들고 나듯 하면 좋잖니?
당신 가신 뒤로 당신이 남긴 외상값 장부를 보았어요
빼곡히 적혀 있는 이름 옆 칸은 비워 두셨더군요

붉은 함석지붕 탄 연분홍 꽃 분분한
살구나무 한 그루가 봄을 밝히고 있어요
갓 태어나 사람의 손 타지 않은 바람이
머리카락을 훑으며 반겨 주네요
어쩌다 제 집에 오시면

출가한 딸네서는 잘 수 없다며 해 질 녘
바삐 나서시던 아버지
해 지기 전에 어여 가라며 바람을 시켜
등 떠미시네요

아버지의 구두

신발장 맨 위 칸
꾸부정하게 앉아 있는 검정 구두 한 켤레
바깥으로 닳은 뒷굽이 바람 빠진 리어카 바퀴 같다

30년 전 첫 월급으로 사드린 구두
긁힌 자국들이 아버지의 성성한 웃음 같다
깊게 파인 골들이 화보 속 지리산 골짝 같다

바람 몇 장
햇살 몇 줄
별빛 몇 올
달빛 몇 닢
빗방울 몇 톨
노래 몇 가닥
막걸리 말가웃

8년 신고 돌아가신 아버지
22년간의 휴식
밀실처럼 고요하다

민들레

고혈압 중풍 환자 예순아홉 살 오순남 사망

일천구백삼십삼 년,
여자로 태어나 열일곱 나이에
아내를 입고 엄마가 되었으나
6 · 25 전쟁 통에
과부로 갈아입게 된 여인
삯바느질로 견뎌 온 세월
저기, 저렇게 노란 웃음 날리고 있다

염력

까닭 모를 불안이 북소리를 내며 주위를 맴돌고 있었다
그때 전화벨이 울렸다
호스 끝 물줄기처럼
맨발의 울음들 한꺼번에 뛰쳐나왔다

중풍으로 거동이 불편하신 엄마는 침대에 누워
하루에 서너 번 나와 통화하는 게 유일한 낙이었고
그맘때 나는 수면 중 울리는 전화벨 소리에 두통을 앓
고 있었다

뒤늦게 소식을 듣고 장례식장에 도착한 나에게
오빠와 언니는 역정을 부렸다
왜 그렇게 전화를 안 받아?
전화 온 거 없는데
엄마가 나를 위해 염력을 부리신 걸까
두 사람의 액정 화면에는 발신 기록이 가득 찼지만
내 폰 액정 속에는 간밤의 부재중 기록이 없다

작약처럼 환하게 웃는
영정 사진 앞에
붉은 울음 한 송이 내려놓는다

모정탑

그녀는 매일 밤, 마지막이라 생각하며 차가운 방구들에 가지런히 누웠다 아침이면 움막으로 들어서는 햇살이 이승 너머로 떠난 아이일 것만 같아 마른 꽃잎 같은 몸 일으켜 길 나서곤 하였다 노추산 자락 한켠, 스물여섯 해 동안 쌓아 올린 돌무더기 삼천 개의 탑 되어 영원의 길을 내었다 빛 잃 고 바래진 몸 어느 날 그녀는 길게 꼬리 흔들며 날아든 바람 의 등에 황망히 올랐다

안개꽃

차디찬 땅에 어머니를 묻었다

눈꽃 하얗게 피어난 목화밭 근처

불을 지폈다

옷가지와 털신

눈꽃 핥던 불의 혀

기신기신 허공에 기어오른다

망자인 양 끼룩거린다

훠이ㅡㅡ 훠이ㅡㅡ

안개꽃은 죽어서도 아름답잖여

남편과 자식의 배경으로 사시던

\>

어머니

보일 듯 말 듯 산골짜기로

불노을이 비낀다

모서리

1

모서리는 외로워

외로워서 자기를 다녀가는 것들 찌르고 부딪히는 거야

그렇게 자신의 존재를 알리는 거야

아무도 바라보지 않으니 끝을 뾰족하게 세우고 자존을
내미는 거야

구석에서 소리 없이 훌쩍거리는 모서리가

훅, 나를

너를 다녀가는 거야

2

샤워를 끝내고 물기 닦는다

허벅지에 시퍼렇게 너울대는 멍 하나

어디에서였을까

둘러보면 참 많은 모서리들이 있다

탁자 모서리 의자 모서리 담장 모서리 말의 모서리 습관
의 모서리 사상의 모서리 이념의 모서리……

>
각은 단호하고 날카롭다
양회 바닥처럼 단단하고 딱딱하다
숫돌 다녀간 왜낫처럼 예리하다

노숙자

설움처럼 비가 내린다 시곗바늘은 자정 너머를 지나가고
있다 서둘러 현관문을 나선다 빗소리를 지우고 보면 세상은
허공에 걸린 거대한 모노크롬 사진 같다

편의점 뒤쪽 진열대에 달랑 하나 남겨진 삼각김밥 자정
지나면 버려질 가여운 그것 태연한 얼굴로 나를 바라본다
때로 의식이 없다는 것은 복이다 고통을 느끼지 못하는 사
람은 죽은 것과 같다지만 더러는 고통을 벗고 싶다는 욕망
에 사로잡힌다

편의점을 나서는 발길이 가볍다 가로등 아래 불나방처럼
달려드는 빛무리가 어지럽다 건너편 빌라 주차장 한구석 피
었다 지는 기침 몇 장 도둑고양이처럼 걸어가 그의 머리맡
에 삼각김밥을 내려놓는다

세일즈맨의 생존법

그는 오늘도 잠이 덜 깬 눈 비비며 계단 앞에 서 있다 온몸의 근육 긴장시키고 뒤꿈치 들어 점프를 한다 1센티만이라도 더 높이 뛰어오르는 게 목표다 스포츠라면 몸 있는 대로 움츠렸다 도약해도 되겠지만, 강펀치처럼 훅 밀려드는 욕을 가래 뱉듯 뱉어 내도 되겠지만 그는 우아한 발레리나고되고 힘겨워도 표정이 중요해 표정! 표정! 그렇지, 표정! 우아한 미소를 보여 줘야 해 그리고 저돌적으로 점프하는 거야! 점프! 점프! 점프! 존재의 가벼움을 보여 주는 거야

착한 성형외과

구겨진 이마 평평하게 펴고
뭉툭한 콧날 어린 산맥처럼 세우고
셔링 넣어 쌍꺼풀 만들고
입가 팔자 주름 없애고
처진 피부 풀 먹여 다린 광목처럼 탱탱하게 하는 데 드
는 견적은
대부분 만 원 이하

화요일 저녁이면
생활의 주름들 추스려
동네 상가 지하 후미진 곳
주름 성형외과를 찾는다

뭉개지고 휘어지고 축 늘어진 주름들
번호표 들고 차례 기다리고 있다

불암산

비가 올 때나 눈이 올 때나
바람 불 때나 눈부실 때나
나는 그에게 달려가 안긴다
그런 나를 내치지도
와락 품지도 않지만 나는
그의 속정을 알아보는 영민한 연인

부처의 형상과는 달리
그의 마음은 울퉁불퉁하여
간혹 넘어지게도 하지만
그래서 마음이 까져
시리고 아프게도 하지만
매일 아침 새를 시켜 노래하는
그는 나의 귀여운 연인

탄생

시인이 그랬어
장미에 가시가 있는 것이 아니라
가시나무에 장미처럼 아름다운 꽃이 피었다고

눈이 번쩍 떠졌어
고 정 관 념
자라면서 단 한 번도 의심해 본 적 없는
사념들

곰팡이 포자처럼
은밀하게 침투한 편견들

벼랑이 파도를 놓치거나
구름이 하늘을 흐르게 하거나
향기가 바람을 흔들어 깨운다는
생각의 전이

통념을 벗고 새로운
관념으로 갈아입으니

세계가 낯설고 경이롭네

나는 다시 태어나 한 생을 얻네

찰칵, 몰카

불암산 나비정원 유리관 속 식물들을 보다가
그들에게도 내밀한 사생활이 있을 거라는 생각에 황급히
나온 적이 있다

주방 창 너머 보이는 하모니카 모양의 101동 건물
사람들은 자신들의 사생활을 지키기 위해 건물 길이만큼
의 간격을 내고 창마다 블라인드를 친다

환한 봄날, 키 큰 목련나무 활짝 핀 꽃들이 그들을 향해
찰칵, 몰카를 찍고 있다

돌멩이

산길 가는데
돌멩이가 발을 걸어왔다
넘어질 뻔한 나는 돌멩이를 걷어차다가
그만 울컥, 했다

어쩌면 저 돌멩이는 나에게
말을 걸어온 것일지도
서툰 마음을 불쑥 내밀었는지도

너도 그랬어
사랑한다는 말 대신
독한 말로 나를 넘어뜨리곤 했었지
그걸 알아채지 못하고
원망하며 떠나온 나

차인 돌멩이를 제자리에 놓아 주고
비탈진 산길 오른다

근황

몸 이곳저곳에서
삐꺽거리는 소리에
밤잠 설친다

학도암을 지나오다가
허물어져 가는 집 한 채를 본다
벽마다 깊은 주름지고
금 간 유리창에 낀 하늘 한 조각
바람 서성이는 우물가
깨어진 바가지 나뒹굴고
허물어진 돌담장 아래
칸나 한 송이
길게 목 빼고 있다

해 설

상처 입은 영혼이 부르는 구원의 노래

김경복(문학평론가, 경남대 교수)

왜 시인이 되는가? 무엇이 평범한 삶을 살고 있던 한 사
람으로 하여금 시를 쓰지 않으면 안 되게 만드는가? 무엇
이 시를 쓰지 않으면 당장 죽을 것 같은 느낌이 들게 하는
가? 이 물음은 시인의 운명에 대한 질문이다. 시를 쓰는 모
든 시인들에게는 저마다 시를 쓰게 된, 시를 쓸 수밖에 없
는 사연이 있다. 그 사연의 절실함과 특이성이 시의 깊이와
경향을 결정한다.

여기 시의 본질적 특성이라 할 수 있는 '영혼의 깨어남'에
의해 시를 쓸 수밖에 없는 시인이 있다. 이번에 첫 시집을
내게 된 허향숙 시인이 바로 그런 사람이다. 허 시인에게
시는 영혼의 깨어남, 또는 영혼의 울림이란 의미를 지닌다.
이 무상하고 무정형으로 흘러가는 이 쓸쓸한 세상에 영원하

면서도 지고한 존재태로서 영혼의 모습을 보여 주는 허 시인의 시는 매우 애절하고도 신비한 아름다움을 전해 준다.

생각하면 참 기이하다. 영혼에 눈뜨게 되면서 시를 쓰게 되었다는 것은 시를 쓰게 된 사연이 범상치 않다는 말이 된다. 범상치 않음에 우리의 관심이 쏠리기도 하겠지만 정작 궁금한 것은 따로 있다. 그것은 무엇 때문에 허 시인은 영혼의 파장에 눈뜨게 되었는가 하는 점이다. 그녀가 경험한 영혼의 각성이란 무엇이며, 그때 그녀가 느꼈던 영혼은 도대체 무엇인가? 그녀의 시를 읽는 독자로서 이러한 의문들을 품지 않을 수 없고, 이러한 의문을 품는 것으로 그녀의 시가 그리는 풍경의 중심부에 이르고 싶음을 느낄 수 있을 것이다. 정말 무엇이 그녀로 하여금 시인이 되게끔 하였고, 이로 인한 그녀의 시적 특이성은 무엇인가? 이 궁금함을 해명하기 위해서 우리는 얼마간 그녀가 그리는 시적 풍경 속을 헤매 볼 필요가 있다. 그녀 시가 그리는 영혼의 풍경이 어떻게 우리의 내면에게로 울려 오는지 느껴 볼 필요가 있는 것이다.

상처와 영혼의 시학

대저 영혼이란 무엇인가? 생명의 가장 깊은 내면에 깃들어 있는 최후의 어떤 생명 원리, 육신의 죽음과 무관하게 그 자체의 실체를 갖추고 있는 존재, 그래서 초월성을 지녀 영원불멸의 지고한 존재가 바로 영혼이라 말해진다. 이 영혼은 이성이나 정신으로 파악할 수 없는 것이 일반적이다. 오직 오성의 끝자락에서 문득문득 발동되는 직관에 의해 희미하게 인간에게 느껴질 뿐이다. 이 영혼의 파악은 결국 육체의 초월, 즉 죽음으로 인한 존재의 소멸에 의해 잠시 이루어진다. 다시 말해 탄생과 죽음에 의해 잠시 말로 설명할 수 없는 그 어떤 신비한 존재로 환기된다. 어룽어룽 비쳐 오는 그 알 수 없는 대상이 우리 존재의 근원이라 한다면 누가 그것에 관심 갖지 않을 수 있겠는가. 누가 그것을 간절히 찾지 않을 수 있겠는가. 허 시인도 이 점은 마찬가지인 모양이다. 다음 시에서 영혼의 일렁임 그 자체를 보여 주고 있다.

무언가를 간절히 생각하고
슬퍼하는 시간의 총량이
고작 한 시간 정도라는 어느 시인의 진술을
수정하고자 한다
내 그리움의 총량은
의식과 무의식의 총체다

잠잘 때도
밥 먹을 때도
책 볼 때도
페북질할 때도
걸을 때도

누군가와 이야기할 때도

글을 쓸 때도

유행가를 부를 때도

온통 너이기 때문이다

…(중략)…

매일 아침 나는 너로 태어나 너로 죽는다

　　　　　　　　　　　　—「그리움의 총량」 부분

　이 시의 어조는 매우 절박하다. 그것은 어느 시인의 말
을 수정할 만큼 '간절함'과 '슬퍼함', 곧 '그리움'이 "의식과
무의식의 총체"로 시적 화자의 심중에 가득 차 있기 때문
이다. 전부는 생의 전체를 건 것이라고 볼 수 있는 것이기
에 어조는 절박하다 못해 처절함을 띤다. 시적 화자는 "잠
잘 때도/ 밥 먹을 때도/ 책 볼 때도" '온통 너'의 생각으로 가
득 차 있다고 말하고 있다. 인용이 생략된 연에서는 "숨을
고르는 이유도/ 온통 너이기 때문이다"라고 말하고 있는 것
을 두고 볼 때 '너'는 나의 살아가는 이유이자 삶을 지탱하게
하는 근원이다. 그렇기에 시적 화자는 "매일 아침 나는 너
로 태어나 너로 죽는다"는 놀라운 깨달음을 얻으면서 자신
의 실존적 삶의 모습을 '나는 너다', 또는 '너는 나다'라는 경
구의 형식으로 규정짓고 있다. 그 단정적 형식으로 말하는
모습은 이렇게 단언하지 않고는 못 배겨나겠다는, 다시 말

해 그렇게 단언하지 않으면 안 되겠다는 어떤 절박함이 깃들인 것으로 보인다.

전체 표현형식으로만 보면 이 시가 그렇게 슬픈 것같이 느껴지지 않을 수 있다. 그러나 '너'가 그리운 존재라서 나의 삶이 '온통 너'의 생각으로 가득 차 있고, '온통 너'로 살아갈 이유가 있다는 말은 '너'가 내게 절대적인 존재이지만 현재 나의 현실 속에 없는 존재란 의미를 갖는다. 그것은 상실, 즉 이별로 인한 슬픔에 기반해 이 시가 쓰이고 있음을 말해주고 있는 것이다. 상실의 고통이 너무나 큼을 생활의 여러 행위들을 반복 인용하면서 "온통 너이기 때문이다"라고 말하고 있는 셈이다. 그렇기에 시적 화자가 장황하게 여러 말을 하는 것 자체는 고통을 참지 못하고 터뜨리는 애소哀訴에 가깝다. 정신이 없을 때 우리는 두서없이, 넋이 나간 상태로 여러 말들을 주워섬기지 않은가. 이 시의 화자는 반쯤 미쳐 버린 상태로 여러 말을 하고 의식과 무의식이 교차하는 혼몽한 상태에서 "매일 아침 나는 너로 태어나 너로 죽는다"라는 참으로 무시무시한 깨달음의 선언을 내리고 있다.

문제는 이 시에서 '너'가 누구인가, 또는 무엇인가 하는 점이다. 왜 시적 화자는 매일 "나는 너로 태어나 너로 죽는다"라고 말하고 있는가? 시의 전체 맥락을 고려해 볼 때 '너'는 나의 "의식과 무의식의 총체"로서 내가 살아갈 수 있는 전부가 되는 존재를 가리킨다. 시집을 읽어 본 사람이라면 이 '너'는 현실 속에서 병으로 사별한 딸을 가리키는 것으로 생각하게 된다. 실제로 시인 역시 서문에서 "2010년 3월.

열여섯 번째 봄을 뒤로하고 와병 백일 만에 생을 벗어 놓은 채 영영 돌아오지 않는 나의 큰 딸 수야에게 이 시집을 바친다"는 말로 딸을 잃은 슬픔을 밝히면서 시집 한 부를 딸을 위한 애도의 장으로 바치고 있다. 현실의 삶에서 너무나 처절하게 헤어진 딸에 대한 그리움을 이와 같이 표현하고 있다고 볼 수 있는 것이다. 그때 너는 '딸'로 나의 삶에 잊히지 않는 그리움의 대상, 내 삶의 전체를 바꾸어도 될 만한 존재란 의미가 된다.

그렇지만 보기에 따라 이 '너'는 죽은 딸을 단순히 가리키는 것을 넘어서 시적 지향으로 볼 때 죽은 딸로 인해 알게 된 '영혼'의 의미를 갖는다. 딸의 영혼은 죽음으로 사라지지 않고 그것을 볼 수 있고, 느낄 수 있는 존재—시의 정보로 볼 때 어머니—와는 영적 교감을 이룬다. 이것은 너에 대한 나의 태도가 단순히 과거에 대한 그리움으로 있는 것이 아니라, 나의 현재에 너의 혼이 파동을 지속적으로 쳐, 나의 삶이 너로 인해 전율하는 삶이 되고, 더 나아가 네가 살아 보고 싶었던 삶을 내가 대신 현재 살아가고 있다는 의미를 가진다. 그것은 영적 교감에서 그친 것이 아닌 영적 일체화에 따른 삶의 의미를 획득한다는 말일 것이다. 이것은 사별에 따른 단순한 슬픔의 표현이 아니라 보다 지고하고 영원한 세계에 대한 믿음의 표현이다. 그 믿음의 일단이 바로 허 시인에게 시를 쓰게 한 것은 아닐까?

영혼에 대한 허 시인의 인식은 시인의 다른 시를 통해 보아서도 알 수 있다. 가령, "처음 너를 안았을 때도 마지막으로 너를 보냈을 때도 환한 봄날이었다 십 년 세월 너를 지켜 온 옷장 속 옷들을 꺼내 빨며 젖은 목소리로 너를 부른다"(「너를 부른다」)의 표현은 슬픔의 강렬함도 우리를 감동시키는 바가 있지만 "십 년 세월 너를 지켜 온 옷장 속 옷들을 꺼내 빨며 젖은 목소리로 너를 부른다"에 담긴 태도, 즉 죽음을 초월한 딸에의 사랑이 더욱 심금을 울리는 바가 있는 것이다. 이는 영적 존재에 대한 믿음이 없는 사람이라면 보여 줄 수 없는 모습이다. 특히 '너를 부른다'는 표현은 바로 딸이 죽었음에도 나에게서 떠나지 않았음을, 즉 혼으로 나와 더불어 존재하고 있음을 말해 주는 부분이다. 실제 이 표현은 소월의 시처럼 '혼을 부르는', 즉 '초혼招魂'의 다른 표현이지 않은가.

이런 것을 볼 때 허향숙 시인의 경우 시인이 될 수밖에 없는 사연은 바로 영혼의 파장을 느끼게 됨에 있다. 그 말은 영혼에 눈뜨게 되고 영혼의 파동을 실감하게 된 계기로 주어진 사별의 상처가 근원적 동기가 된다는 의미일 것이다. 허 시인에게 사별의 상처가 영혼에 눈뜨게 하고, 영혼이 갖는 파동에 민감해짐으로써 시를 쓰게 한 것이라 볼 수 있다. 때문에 그녀에게 시는 마음의 애틋함을 통해 영혼의 싹틈 내지 울림을 드러내는 통로가 된다. 다음 시가 바로 그런 경우들이 아닐까.

동공은 괜찮아?
소변량은 어때?

1,500cc 네

신장은 괜찮고 근데 폐가 문제야 며칠 전에 옆방 아이도
패혈증으로 나갔잖아

산소 포화도가 7~80대에 머물러 있으니 이대로라면 가
망이 없을지도

또다시 문이 열린다

주기도문으로 예배를 마치겠습니다

찬송을 입은 귀의 옆구리에서 날개가 돋기 시작한다

사랑해…… 미안해…… 미안해……

엄마는 잠자리 날개 터는 소리를 내며 운다

박쥐 떼 소리에 견인된 듯 날아들고 있다

옆구리에 돋은 귀의 날개가 자꾸만 들썩거린다

　　　　　　　　　　　　　　　—「소리의 귀소歸巢」 부분

너는 고치 안에서 무슨 꿈을 꾸었니?

터질 듯한 외로움과

치솟는 두려움

엄습해 오는 백 일의 고통 속 무균실에서

너는 고치 속에서 무슨 꿈을 꾸었니?

바다를 유영하는 고래가 되는 꿈

갈매기 조나단 되어

창공을 자유롭게 비상하는 꿈

너는 안에 누워서
나는 밖에 선 채로
서로의 꿈을 기원했는데

눈부신 봄날
끝내 날개 달지 못하고
고치 속에서 너는 영면에 들고
너의 부재 이후 난
너를 입고 사는 삶이 되었구나

　　　　　　　　　　　—「너를 꿈꾼다」 전문

　이 두 편의 시는 딸아이의 죽음과 관련된 고통과 새로운
인식에의 눈뜸을 표현하고 있다. 그때 새로운 인식에의 눈
뜸은 물론 영혼에 대한 감지를 가리킨다. 앞에서 전개해 온
논의의 연장선상에서 두 편의 시적 특성을 설명해 보자면,
우선 「소리의 귀소歸巢」는 고통의 현재화의 특성을 지닌다.
실제 이 작품은 딸이 병들어 입원해 있는 순간에 시를 쓴 것
은 아니다. 추측건대 어느 정도 시간이 흐른 뒤에 그 다급하
고 절박했던 시간에 대한 기억으로 시를 썼을 것이다. 그런
데 그 절박한 순간들을 현재형으로 표현하고 있는 것은 그
때의 절박함이 현재 지금의 감정으로 오롯이 남아 있거나,
현재 이 순간에 발생하는 감정이 과거 그때의 감정과 동일
하게 여전히 절박하고 애타는 것임을 드러내고자 함에 있

113

다. 아니 좀 더 논의의 일관성으로 보자면 시간이 흐른 뒤에도 딸의 영혼이 여전히 생생하게 느껴짐으로 인해 당시 느꼈던 감정을 현재화하면서 독특한 형식을 취하고 있는 것이라고 말할 수 있다. 즉 당시 아이가 죽어 가고 있는 가운데 느꼈던 것으로 표현되고 있는 "찬송을 입은 귀의 옆구리에서 날개가 돋기 시작"하는 기이한 체험은 지금 이 순간까지 이어지는 의식이다. 아니 어쩌면 그때 뭔가 말할 수 없는 경황 속에 느꼈던 기이한 감정과 체험들은 아이의 영혼에 눈뜬 지금의 의식이 부여한 이미지다. 그때의 체험으로 표현했건, 지금 이 순간의 의식으로 부여했건 이 표현은 죽어 가는 아이에게서 영혼이라는 새로운 존재성이 발현하고 있음을 어렴풋이 느끼고 있음을 직관하는 표현이다. '귀의 옆구리에서 날개가 돋'아남을 느끼는 것은 새로운 존재의 탄생, 즉 영혼의 탄생을 상징한다. 아이에게서 그런 느낌을 받음으로 인해 나의 존재성도 "사랑해…… 미안해…… 미안해……/ 엄마는 잠자리 날개 터는 소리를 내며 운다"에서 나타나듯이 '잠자리 날개 터는 소리'라는 새로운 영적 감각의 획득을 표현한다. 영혼은 보는 것이 아니라 그 울림과 파장을 느낀다는 점에서 청각적인 '소리'로 표현하는 것이 옳다. 그 점에서 "사랑해…… 미안해…… 미안해……"라는 엄마의 말은 이미 병이 깊어 들을 수 없게 된 딸아이에게 하는 말이자, 죽어 영혼이 된 존재에게 '날개 터는 소리', 곧 영적인 소리로 전하는 말일 것이다. 이승이든 저승이든 모정으로 가득 차 있는 이 영의 소리가 천지를 울리는 것으로 생각한다면 이 말은 참으로 얼마나 지극한 슬픔이 배어 있는 소리인가! 그렇게 본다면 영혼은 슬픔과 고통에 의해 지각되고 현존재에게 의미화된다.

이 점은 「너를 꿈꾼다」에 보다 구체화된다. 이 시가 보여 주는 애통함을 독자들은 시를 보는 순간 감지할 수 있을 것이다. '고치'로 표현된 '무균실'로 딸아이는 고립되고 유폐되어 시적 화자는 그 고통을 같이할 수 없음에 대해 지극한 아픔을 느낀다(그녀의 아픔이 얼마나 지속적이고 강렬한지에 대해서는 그녀의 여러 시를 보면 알 수 있다. 자신의 몸 자체를 매미에 빗대어 "매미의 몸은 죄다 울음통이에요"라고 표현하는 「울음통」의 시가 그 하나의 예로 들 수 있다). 결국 "고치 속에서 너는 영면에 들고/ 너의 부재 이후 난/ 너를 입고 사는 삶이 되었구나"에서 보듯 죽음으로 끝나고 만 딸아이의 삶은 시적 화자에게 '너를 입고 사는 삶'으로 전화되어, 다시 말해 딸의 영혼이 나의 영혼에 일체화되어 사는 삶으로 살게 되었음을 직관해 내고 있다. '너를 입고 사는 삶'은 앞의 시에서 본 바 있는 "매일 아침 나는 너로 태어나 너로 죽는" 삶과 같은 말임은 두말할 필요가 없을 것이다. 그만큼 딸아이의 죽음이 시인에게 절대적 영향을 미쳤다는 의미일 테지만, 시적 상상력의 흐름으로 볼 때 이는 영혼의 탄생과 영혼에 대한 눈뜸을 통한 영적 삶에 대한 갈망으로 읽힌다. 이 시 역시 사별의 상처를 통해 영혼에 대한 감지와 그로 인한 영적 파동에 대한 실감을 시로 쓸 수밖에 없었음을 보여 주는 한 사례로 볼 수 있다.

그렇게 본다면 허 시인에게 상처는, 다시 말해 상처의 경험은 의미심장하다. 시인에게 상처는 시를 쓰게 한 계기로서 영혼을 발견하게 하고 시의 세계를 보다 지고한 경지로 이끌게 하는 것으로 볼 수 있다. 물론 모든 상처가 다 이런 기능을 하는 것은 아니다. 절박하고 간절한 상처의 고통이 시인으로 하여금 지고한 세계로의 눈뜸을 추동하고 그 결과 시의 세계로 진입하게 된다고 볼 수 있는 것이다. 이번 허 향숙 시인의 시가 바로 그런 전형적인 예를 보여 준다. 그리하여 시인이 시집의 서문에 쓴 "매 순간 돌아봄과 넘어짐의 연속이었다./ 너 없는 세상에서 숨을 쉬어야 하는 일은 용광로에 던져지는 형벌과도 같았다. 죽여도 죽여도 사그라지지 않는 숨 때문에 천년의 잠을 청하며 잠들곤 했었다"(「시인의 말」)는 말이 시인이 될 수밖에 없는 내적 고백으로 진정성 있게 다가올 수 있게 된다 할 것이다. 더하여 "물에 젖은 늦저녁/ 백발이 성성한 나와 달리/ 더욱 생생해진 그녀, 늙지도 않는구나"(「슬픔은 늙지 않는다」)의 표현 속에 내재된, 괴기하면서도 역설적인 슬픔 또한 독자에게 보다 깊은 공감을 제공한다고 말할 수 있을 것이다.

세계의 성화聖化와 의미의 성채

모든 사물에 영혼이 있음을 발견하고 그 영혼이 자신의 존재성을 드러내기 위해 울리는 파동에 감응하는 존재는 어뎧게 살아가고, 그에게 이 세계는 어떤 모습으로 비칠까? 이 말은 곧 시인은 어떤 생각으로 살아가고, 그에게 이 세계는 어떻게 비쳐지는가 하는 물음일 것이다. 허 시인의 이번 시들은 바로 이 점을 너무 잘 드러내 보여 주고 있다. 시인으로서 출발점에 서 있다 보니 시인의 원초적 모습을 아주 실감 나게 형상화해 준다. 다음 시가 그런 경우다.

시인이 그랬어
장미에 가시가 있는 것이 아니라
가시나무에 장미처럼 아름다운 꽃이 피었다고

눈이 번쩍 떠졌어
고 정 관 념
자라면서 단 한 번도 의심해 본 적 없는
사념들

곰팡이 포자처럼
은밀하게 침투한 편견들

벼랑이 파도를 놓치거나
구름이 하늘을 흐르게 하거나
향기가 바람을 흔들어 깨운다는
생각의 전이

통념을 벗고 새로운

관념으로 갈아입으니

세계가 낯설고 경이롭네

나는 다시 태어나 한 생을 얻네

—「탄생」 전문

　이 시의 내용은 그렇게 어렵지 않다. 시적 주제는 "통념
을 벗고 새로운/ 관념으로 갈아입"는 새로운 인식에의 눈뜸
을 노래하는 데에 있다. 문제는 그러한 새로운 인식에의 눈
뜸이 바로 "세계가 낯설고 경이롭"다는 사실을 알게 하고,
더 나아가 나로 하여금 "다시 태어나 한 생을 얻"게 하는 실
존적 의미의 획득이다. 이 시는 내용의 전개를 두고 볼 때,
평범한 한 사람으로 살던 '나'가, 즉 고정관념에 휩싸여 살던
'나'가 "생각의 전이"를 통해 "눈이 번쩍 떠"지는 체험을 함
으로써 시인으로 다시 태어나게 되었고, 그것이 참으로 생
의 진실과 세계에 대한 진실을 발견하게 되었다는 것을 감
격적으로 노래하고 있는 것이라 볼 수 있다.

　이 인식에의 눈뜸은 이 시로 볼 때 영혼과의 관련성을 직
접적으로는 확인할 수 없다. 그러나 "벼랑이 파도를 놓치거
나/ 구름이 하늘을 흐르게 하거나/ 향기가 바람을 흔들어
깨운다"는 인식의 표현은 바로 물질적 현상 너머의 초월적
특성을 표현한 것에 해당한다. 이는 '낯설고 경이로운 세계'
의 현상으로 영혼의 발견과 등가等價되는 표현들이다. 그렇
지 않겠는가! 영혼이야말로 "세계가 낯설고 경이"로운 가장

전형적인 현상일 테니 말이다. 때문에 이 시는 영혼을 감지하고 영혼에 눈뜬 존재가 세계를 새롭게 본 것에 해당한다고 말할 수 있다.

여기서 우리는 영혼의 눈뜸에 의해 이 세계가 의미로 충만해지는 것을 주목할 필요가 있다. '낯설고 경이로운 세계'는 물질과 타성에 의해 고정화되고 퇴락한 세계가 아님을 알 수 있다. '경이'라는 말이 주는 어감만큼 이 세계는 모든 것이 의미로 약동하고 있고, 단면이나 일방향이 아닌 입체적이고 양방향적인 세계, 총체성으로 살아 있는 세계가 됨을 암시한다. 그것은 세계 자체가 '성화聖化'되거나 '성현聖顯'의 현상을 보여 주고 있음을 의미하는 것이다. 허 시인에게 영혼의 발견을 통해 세계는 성화되어, 이 성화된 신비한 세계를 시로 쓰지 않으면 안 될 것 같은 갈망을 불러내고 있다고나 할까. 때문에 허 시인에게 세계의 사물은 단순한 피동적 대상이나 무의미한 대상으로 존재하지 않는다. 성화된 세계에서 사물은 영성을 지니고 시인에게 말을 건네 오는 것이다. 그것을 잘 보여 주는 시들이 다음과 같은 작품이다.

산길 가는데
돌멩이가 발을 걸어왔다
넘어질 뻔한 나는 돌멩이를 걷어차다가
그만 울컥, 했다

어쩌면 저 돌멩이는 나에게
말을 걸어온 것일지도
서툰 마음을 불쑥 내밀었는지도

너도 그랬어
사랑한다는 말 대신
독한 말로 나를 넘어뜨리곤 했었지
그걸 알아채지 못하고
원망하며 떠나온 나

―「돌멩이」부분

모서리는 외로워
외로워서 자기를 다녀가는 것들 찌르고 부딪히는 거야
그렇게 자신의 존재를 알리는 거야
아무도 바라보지 않으니 끝을 뾰족하게 세우고 자존을
내미는 거야
구석에서 소리 없이 훌쩍거리는 모서리가
훅, 나를
너를 다녀가는 거야

―「모서리」부분

이 두 편이 갖는 시적 의미는 유사하다. 모두 물질적이고
무의미하다고 평소 생각하는 대상들이 그 편견과 고정관념
의 틀에서 뛰쳐나와 자기의 존재성을 발휘하고 있음을 보

여 주고 있다. 「돌멩이」에서 시적 화자는 평상의 마음으로 "산길 가는데/ 돌멩이가 발을 걸어"와, 즉 돌멩이에 발이 걸려 "넘어질 뻔한 나는 돌멩이를 걷어차다가/ 그만 울컥" 하는 마음을 가진다. 울컥하는 이유는 "어쩌면 저 돌멩이는 나에게/ 말을 걸어온 것일지도/ 서툰 마음을 불쑥 내밀었는지도" 모른다고 느끼게 되었기 때문이다. 이는 무엇을 말하는가? 그것은 바로 세계의 사물이 나와 같은 영혼을 지닌 존재로 성화되어 있음을 순간적으로 깨닫게 되었다는 의미일 것이다. 시 내용에서 돌멩이와 내가 동질성을 가질 법한 서러운 내용은 그리 중요하지 않다. 초점은 세계가 살아 있는 영혼들로 채워져 성스럽게 구성되고 있다는 사실이다.

이 점은 「모서리」도 마찬가지다. 모서리가 뾰족하여 사람들이 다친다는 일상적인 관념을 이 시는 모서리가 하나의 존재가 되어, 즉 "모서리는 외로워/ 외로워서 자기를 다녀가는 것들 찌르고 부딪히는" 것으로 바라본다. 이것은 기존의 고정관념을 비틀어 보는 것을 넘어서 모서리 자체를 하나의 살아 있는 존재로, 즉 삶의 의미가 충만한 존재로 본다는 것을 뜻한다. 이는 세계의 성화 내지 성현의 현상이다. 세계가 성화될 때 나의 존재도 범속에서 벗어나 참된 존재의 의미, 즉 성현에서 오는 생의 충실함과 신성함을 얻게 된다. 그것은 곧 무상과 무의미로 빠져들기 쉬운 이 생 세계에서 의미로 충만한 삶을 살게 된다는 것을 가리킨다.

그런 점에서 허향숙 시인은 시인이 됨으로써 물질주의적 타락한 세계에서 벗어나 생의 진정성과 존재의 지고한 가

치가 어디에 있는지를 터득하게 되었음을 이러한 시를 통해 표현하고 있는 셈이다. 자신의 삶 깊숙이 의미의 성채를 건설함으로써 참된 존재자로 나아갈 토대를 갖추고자 하는 것이다. 이는 슬픔 속에서 영혼의 힘으로 세계의 진실을 발견하고 더 나아가 이를 통해 참된 세계를 구축하고자 하는 노력으로 참으로 눈물나게도 아름다운 작업이라 하겠다.

시 쓰기를 통한 존재 구원

허 시인이 추구하는 시들의 궁극적 지향점은 결국 존재의 구원 문제로 집중된다. 아니 집중될 수밖에 없다. 영혼의 발견과 그에 대한 각성은 이 세계가 결코 평면에 그치는 것이 아니라, 물질의 차원을 넘어선 어떤 영원하고 아름다운 세계가 있을 것이라는 시적 전망을 제시한다. 그 전망 속에 놓인 인간은, 인간뿐 아니라 그 지평 속에 놓인 사물은 제 존재성의 의미를 획득하여 지고한 세계로 나아간다. 곧 존재의 구원을 획득한다. 그것은 종교적 차원에서 말하는 구원의 의미와 크게 다를 바 없다. 그리고 이 구원의 출발이 바로 영혼에의 눈뜸임은 다시 말할 필요는 없다. 허 시인에게 그것은 딸의 사별에 의한 상처로 첫 발걸음을 내딛는 계기가 되었으나 시적 상상력의 도정에서 그것은 인식론의 도약으로 더욱 깊어진다. 다음과 같은 시를 통해 이를 더 잘 보여 준다. 그 시는 이렇다.

흐르는 시간의 길을 걸어가는 이들은 매 순간 첫을 경
험한다

흐르는 강물에 두 번 손을 담글 수 없듯이

누구도 지난 시간을 돌이킬 수는 없는 것이다

어제의 나도 처음이고
오늘의 나도 처음이고
내일의 나도 처음이다

모든 세계와의 만남과 이별이 순간 속에서 맺어지고 멀
어진다

첫은 순간이요 찰나다

바람이 분다 이파리들이 파랗게 몸을 뒤집는다

떨림의 매 순간이 나무를 지탱한다

누구나 사는 동안 시간의 처음을 살고 있는 것이다.
　　　　　　　　　　　—「'첫'에 대하여」 전문

참으로 아름답고 신비한 작품이다. 영혼을 노래하고 있

는 부분이 없음에도 영혼의 떨림과 그 진폭의 크기가 매우 폭넓게 전해져 옴을 느낀다. 이 시를 통해 본다면 허향숙 시인의 시적 수련과 사색의 깊이가 꽤 녹록지 않음을 알 수 있다. 시인은 먼저 인간 존재의 숙명성에 대해 "흐르는 시간의 길을 걸어가는 이들은 매 순간 첫을 경험한다"고 갈파하고 있다. 이는 시간으로 인해 죽음에 처단된 존재는 매 순간 죽음에 대해 조우할 수밖에 없는 존재임을 '첫을 경험한다'고 말하고 있는 것으로 보인다. 그에 따라 시인이 이 시에 와서 말하고자 하는 바는 "누구도 지난 시간을 돌이킬 수는 없"고, 또 "모든 세계와의 만남과 이별이 순간 속에서 맺어지고 멀어"지게 됨으로써 "누구나 사는 동안 시간의 처음을 살고 있는 것이다"에 들어 있다. 이는 인간 존재의 숙명성에 대한 깨달음을 통해 존재의 실상을 체득했다는 말의 표지일 것이다. 거기서 '처음을 살고 있는 것'의 의미가 갖는 신비함과 아름다움이 이 시의 눈여겨볼 대목이다. '첫'은 어떤 일의 연속의 순간에서 가장 앞에 경험하는 것을 가리킴에도 시인이 말하는 '첫'의 개념이 다르기 때문이다.

이 시의 시적 화자는 모든 순간이 '첫' 경험을 하는 순간이라고 말한다. 그렇게 말하는 근거는 "흐르는 강물에 두 번 손을 담글 수 없듯이" "어제의 나도 처음이고/ 오늘의 나도 처음이고/ 내일의 나도 처음이"기 때문이라는 것이다. 이 주장은 일리가 있어 보인다. 그래서 처음, 다시 말해 "첫은 순간이요 찰나"지만 이 순간의 연속인 '첫'으로 인해 우리는 매 순간 살아갈 수 있는 힘, 곧 깨달음을 얻을 수 있게 된다는 논리다. 즉 "바람이 분다 이파리들이 파랗게 몸을 뒤집는다// 떨림의 매 순간이 나무를 지탱한다"에서 말하는 발견은 생의 현실에서 늘 바람이 불어 이파리들이 파랗게 몸을 뒤집는 일, 곧 고통을 당하지만 그 고통의 떨림으로 인해 매 순간 나무는 자신의 존재성을 지탱하는 원동력을 얻게 된다는 것이다. 이를 사람에게 적용하면 '처음으로 살고 있는 것'에 해당하는 매 순간의 고통이 영혼에의 눈뜸을 가져와 존재의 의미를 되찾게 된다는 뜻이다. 이는 '첫'이 결코 허 시인에게 안온하고 행복한 경험으로 다가온 것이 아님을 드러내면서, 그럼에도 불구하고 고통스런 첫 경험으로 인해 우리 생은 의미를 얻어 자신의 삶을 지탱할 수 있는 구원의 계기를 가질 수 있게 된다는 직관을 피력한 것으로 보인다.

그런 관점에서 "모든 것은 존재하기 위하여 살아간다// …(중략)…// 모든 것은 살기 위하여 존재한다"(「모든 것은 존재하기 위하여 살아간다」)는 역설적인 경구는 순간의 경험을 확장한 논리로 볼 수 있다. 시인에게 '처음'이 첫 순간이자 모든 순간의 연속으로 인식되듯이, 다시 말해 처음이 전부이자 전부가 처음이라는 역설이 그 언어적 형식에 내포되어 있듯이 '존재하기 위해 사는 것'이나 '살기 위해 존재하는 것'은 같은 층위라는 것이다. 그것은 역설의 확장을 인정하는 차원에서 보자면 고통이 행복이고 행복이 고통이라는 인식, 또는 상처가 영혼의 눈뜸이라면 영혼의 눈뜸 자체가 인간 존재에게 상처가 된다는 논리를 드러내는 것에 해당한다. 이 지점에 오면 영혼과 물질의 경계나, 삶과 죽음의 경계마저 굳이 구별할 필요가 없음을 인식하는 경지에 이르게 된다. 그 경지가 바로 구원의 실마리를 푸는 출구이지 않을까? 다음 시가 바로 그와 같은 모습을 보여 주는 한 사례로 보인다.

봄을 피워 여름이 오면
여름을 피워 가을이 오면
가을을 피워 겨울이 오면
봄이 다시 피어나지

피운다는 건 경계를 지운다는 것
생을 피워 죽음으로
죽음을 피워 생으로

피운다는 것은
뫼비우스의 띠처럼
안팎 구분 없이
나를 피워 너로 번지고
너를 피워 나로 번지는 것

—「피우다」 전문

이 시는 쓰인 상태는 소품에 해당하지만 그 담긴 뜻은 매우 심오해 보인다. 간단해질수록 시는 그 상징이 깊어지는 셈일까. '피운다는 것'을 하나의 화두로 삼아 사유를 펼치는 이 시의 주제는 피우는 것을 "경계를 지운다는 것"으로 규정하면서 "생을 피워 죽음으로/ 죽음을 피워 생으로" 순환하는 어떤 진리를 체득하는 것으로 나아가고 있다. 그리하여 "뫼비우스의 띠처럼/ 안팎 구분 없이/ 나를 피워 너로 번지고/ 너를 피워 나로 번지는 것"이 됨으로써 구분과 차별이 없는 단계, 나의 존재성을 통해 너의 존재성을 발현시키고 너의 존재성을 통해 나의 존재성을 발현시키는 경지를 지향한다. 이는 내 존재의 무화無化가 시작되어도 '너', 즉 나를 둘러싼 세계의 존재로 인하여 나의 존재성이 견인되고 지지되어 구원될 수 있음을 표현한 것이라 할 수 있다. 또는 나의 적극적 존재 행위로 소멸한 너의 존재성을 피워 낼 수 있다는 깨달음을 피력한 것으로 볼 수 있다.

이러한 해석은 딸의 사별을 다룬 앞의 시에서 보인 슬픔과 체념의 정서를 영적 깨달음과 구원의 형식으로 피력한 것과 동궤의 내용이다. 더 적극적인 관점에서 본다면 딸의 죽음으로 인한 존재의 슬픔을 내 존재의 '피움'을 통해 나와 내 딸을 모두 구원할 수 있다는 의식의 확보에 해당한다. 그렇다면 피운다는 것은 무엇일까? 이 시에서 '피운다'는 구체적 의미는 명시되어 있지 않지만 이 시집의 전체 맥락을 통해 추측해 본다면 그것은 영혼에의 눈뜸, 즉 '시 쓰기'가 아닐까 한다. 최소한 허 시인의 입장에서 볼 때 자신의 존재성을 피우는 일, 그리고 그 피움을 통해 너를 다시 살게 하는 일은 상징적으로 시 작업을 통해 딸의 존재 의미를 확인하고 확보하는 일을 의미하기 때문이다.

그런 점에서 허향숙 시인에게 시야말로 영혼의 눈뜸을 통한 존재 구원의 형식인 셈이다. '너'로 집약된 딸의 존재성을 되살리고 나의 존재성을 성화시키는 한 방편으로서 시, 혹은 시 쓰기는 허 시인에게 절대적 요청이자 그의 삶 속에 내재된 필연적 운명이었던 것이다. 이로 인해 운명에 사로잡힌 자가 울부짖는 소리에서 점차 말갛게 가라앉은 가을 연못의 풍경을 이번 허향숙 시인의 첫 시집이 내내 그리고 있다고 말할 수 있다. 시인에게 주어진 운명의 첩첩함에 대해 우리는 잘 알지 못하지만 그 쓰라린 삶의 한 편린을 보여 주면서 그 길을 담대하게 걸어가는 허 시인의 행로에 축복을 빌어 주고 싶은 마음은 비단 이 글을 쓰는 필자만의 것이 아니라고 믿고 싶다. 시인의 건필을 빈다.